クラウド

ITSUJI
Akemi
井辻朱美

北冬舎

クラウド❀目次

装丁＝大原信泉

クラウド

I

時のかさぶた

たましいのかたち真綿に横たえてとろりと深き翠《みどり》のまがたま

まがたまの密なる色を翠《みどり》と呼ぶケルトの森や出雲の青垣

カフェオレの色の鳥居をくぐり抜け別の風ふく時空へ出てゆく

真珠色のルドンの夕陽が接しいるみずうみというこの世の恍惚

紺青の風の大陸　たれの声も挽きつぶされて香りとなるまで

純白の雲のけばだち男神《おとこがみ》のみづらをつめたい風が抜けても

きみの部屋のテディベアがみな倒れてしまう春一番の男になりたい

闇のなか数かぎりない愛憎をまきとってゆく指揮者のタクト

こんなにもつめたい芯のキャベツなのに純白の雲には焦点がない

天守閣になにかが沈んでくると見え風花ならず時のかさぶた

風の四銃士

龍脈の井戸に星降る　地底とは凍らざる水の息するところ

凍るほどの土の底でも見開きてあるべし殉死の人形の眼は

光暈をまとって走る　草を踏みこみ　精霊の王の行く手を断つべく

たった三度なににもたれて昇らんか　グノーの音階のたましいの白

たましいのトーテムを選ぶ　龍というほのかにたわむ文鎮のかたち

円形の図書館の中に立ちながらわれはファウスト四方を呼ばう

金色の穀物の神は壮者《わかもの》なりき　列柱に囲まれ昇る噴水

アンスリウムのような帽子の女とすれちがうこの遊星のコロニイは乾いて

美術館をおとずれてきた西風が酔いどれ男の口笛となる

しゃくしゃくと銀杏を踏んでゆきおもう世界樹には金のページが実る、と

橋を渡る　階段を昇る　敷居を越える　世界はあまたの儀式に満ちて

魂はいくらでも軽いほうがいい　ペットボトルの陽をはじくくびれ

わたあめにもたれていた　おれたちは遠い大陸を発ったように疲れ

指先で切符をはじいて鳴らしている　卑しき街をゆく騎士として

空調にほつれたしおりがそよぐかな　風の単語を習いはじめて

銀色のリモコンをのせてテーブルは空へと開かれていた　サン＝テグジュペリ

竜と星つめたいものの象《かたち》に抜く消しゴムなればほのかににおう

風の大陸のつかのまの地図を見上げいる　冬の精霊としてサンドイッチマン

スープのキャベツ

ヴァンパネルラは深くねむる血液の苦さは地球の金属の味

蓮根のような地下屋敷から上りくる怪人移送のエレベーターは

惑星の裏なる睡魔か戦争か　しずかにたぎるスープのキャベツ

ネアンデルタールの水墨画のようなア行音　永遠といいaeonという

赤ん坊のえくぼのようにくぼむ水は無限バイトのメモリーを持つ

貝の象《かたち》のマカロニのように澄みている大和の風のなかの記憶は

ひとつひとつ光を貯めた猪口《ちよこ》として思い出の中を観覧車まわる

いのちある風の静脈をたどるため屋上から飛ばす一枚のティッシュ

ジグソーの青空の数片を食べ終えた草食竜がのっと首を出す

青空を打てよ　アニメのヒーローのついに重さを持たぬマフラー

春雨に硝子笑えば薬品のしみある指で出てゆきしホームズ

世界の肩こりのためのアティテュード

コバルトブルウの鳥がこの星に在ることはきみ、なんという救いだろう

塗りそこねたリキッドペーパー　イタリアの語尾のあかるき言いさしが好きだ

なにものにも守られていない声を聴く鱗なす銀のレシタティーヴォを

どのような鐘も舌ほそき鐘を持ち前世の記憶を鳴らして過ぎる

殺された英雄たちの帷子のようにひかりて時を駆ける鮭たち

青空が芯を持たざるかなしみにミケランジェロはダヴィデを彫りぬ

菌糸のような雨に降られて彫刻が出血しているたそがれの公園

階段が可塑的な素材でできているモーツァルトに腰かけてみる

あちこちにくすくす笑いを縫いつけたモーツァルトの小癪なキルト

「これ以上言うまでもない！」ひづめある三連音符は世界を駆ける

こわれやすい肩もつひとを導いて指揮棒はギリシア文字を描くと

長身の風が所在をあいまいに通ってゆくのを川波が見た

継ぐはずの遺志もどうでもよくなって光る帽子としてたたずむ

いつまでも大地を鳴らしていたい火の力もてくだる鹿とダンサーのかかと

あどけない亜麻色をしたすじ雲に照らされている世界の肩こり

夕照の国

気球いくつか夕照の国へ放つべく遺跡の街に口開《くちあ》けし劇場

ひとつずつ空間の痛点をはじきゆくアイリッシュハープは風の神殿

装飾音のあいだに水掻きを持つようなハープわれらは陸《くが》にあがれり

さば雲がうっすらと肋《あばら》をなしている秋近い日の巨人の横臥

風通り三番地に住むドラゴンは窯から出されたままの素裸

ゆく風の魔方陣に立ちて呼ばわればしずかに繰り上がる宇宙のかけ算

かぼちゃ割る強い約束わたしたちは熱を持たずには生きないだろう

しゅるしゅると海の響きが透けている刺身の烏賊の足のひとたば

水面がふいに粘《ねば》れば肉厚の鰭がざばりと光を掃きだす

生まれてから水しか踏んだことのない透明な足の吸盤のかずかず

Wanderbursche《たびびと》

ファンという称号ばかりの美術館で別れてくれば高くゆく雲

ジオラマのこの世を生きてドイツの貨車が世界から還ってくるのを

噴水とヨーデルはなぜひとしいか　ドイツの街からふうわりと私信

枯井戸に坐った騎士に尋ねられる「わたしの皮をくべはしないか」

繊細なゆびが茸をつまみあげるように語られはじめる物語がある

「じだらくな鍾乳洞に埋もれてしまったガウディの家を探しております」

すこしずつ秋の毛並みに慣れてきた彼の〈うかれヴァイオリン〉の歩調

シンフォニーの深き悔恨　水よりもひかる燕尾服を世界の芯とし

合言葉きらめく滝を忘るなと吹き抜けに住む椰子のたてがみ

メルカトルの図法

うっとりと岬に抱かれた海があれば風はメルカトルの図法よりくる

オリーブのオイルにすずしくひたされた小海老・イカなど〈あしたも笑え〉

〈無敵艦隊〉の名などおもわず　ブルゴスのトラック野郎が抜きつ抜かれつ

ゆたかなるみずをワイアレアレと呼ぶきみは誰より弧ふかき虹をもてり

図書室のみどりの壁に耳を触れ旅行記かたえにねむる椰子たち

透明な冬陽が染めるジャコメッティのたましいのような都市の痩せ肩

それもみな夢のようにて暮れそうろう　うなじの綺麗な日なたの竜たち

テディベアの耳の湾曲しずかにて陽ざしは永劫あなたを照らす

ヌメノールとは西方王朝　この世からカレーの香りの風がゆくまで

カンパネルラという指揮者が振り出す金平糖　そよそよそよと春の福あり

デュランダル　エクスカリバー　アンデュリル　巻き舌の似合う蒼古の太刀の名

〈ずるい狐〉亭

甲冑魚のむらさき立ちたるたましいを風に垂らしているウィスタリア

ああ橋に支えられねば朝空は初心《うぶ》なかものたましいに耐ええぬ

脚ほそきすべての偶蹄類にかぜが揺らしてくれる地球《テラ》の草の穂

こんなにもまばゆい雲を肩にかけ勇者は北から還ってきたのだ

ポホヨラは蒼古の北か頬すぼめ物語刈る魔女の口笛

一重のらせんを引っぱりながら通話する黒い電話機の中の小鬼ら

かすてぃーりやのオリーブ色の女いう踊るとはかかとのさかんなおしゃべり

透し細工の鉄看板が掲げられている魔法の青空〈ずるい狐〉亭

ネルトリンゲン　ディンケルスビュール　街道をブラスバンドのような名過ぎゆく

ぱるぽらん風の種子ひとつ芽ぶくとき古靴の縫い目にドイツが匂う

博物館に住みならわして管理人の指関節はひとつ欠けたり

高熱の草いきれのなか掻きわけて死ぬことのなきテノールがくる

パパゲーノは羽毛をピーターパンは枯葉をまとう半濁音の精霊たちよ

積み上げてなだれんばかりの積雲はゲネラルパウゼのようなあかるさ

朱夏の陽にまみれた首が天をなぐ恐竜という豪儀な一族

地響きを立てて来るものなつかしや枕の上のゴジラのぬいぐるみ

晴れやかに逝くばかりなるまなざしに会いたり叙事詩の錦の道行

II

無敵の少年

水の音楽を目に見せたくて鱗《うろこ》あるさいしょの命が旋回したとき

力とは水を裂くこと　藍ふかき重さに筋を入れてゆくこと

鱗持つ有象無象のよろこびが水を切り裂きひかりを蒸着

ながらえて永遠を見たきみたちの骨盤をなでる空調の風

点滅するネオンのなかで動かない恐竜が持つ冥府の情報

なんという死骸のけわしさこの空間に竜たちが骨の口を開いて

聖なるかな銀いろの手袋はめながら怪獣たちを弔いにけり

ソフトビニールの匂いをもった恐竜がしずかに着地　きみの枕に

時空というグリッドのなか紙飛行機はすりぬけてゆく　無敵の少年

紅茶色の瞳《め》の少年となる自転車を押して春の坂道くだれば

青空に咆哮している絵はがきをポストに入れればどこまで落ちる

あかるい机　ぼくは7体のメタルをかざり永遠についてかんがえている

銀線のようなこころで英雄はいつでも宇宙にアラートしている

急降下と強情な唇と口笛とリニアなものだけ宇宙に似合う

等圧線の波に芯からあやされて泳ぐ列島をサウルスと呼びたい

永遠に滞空せよ！　ゴスペルのグリッドが支える天使と翼竜

遠い棕櫚　水辺のゴリラ　階段はただひたすらに物語を欲る

不思議獣さわさわと来るみぎわには長靴《ちょうか》まばゆいヒーローが佇つ

ロボットの瞳はいつでも大きくてまばたきを知らぬ練りたての魂

隊長はいつでも無謬　きらきらと地球を守る湯上がりタオル

風になう英雄たちがくる道を思い出させよ沈丁花の星

けっして行方を手放さぬ太刀筋のようにかがやききって雪に倒れよ

花粉来る道を見つめて超人がしずかに閉める体腔の蓋

片腕をさしあげるときヒトだけが星雲《ネビユラ》と交信する　光れ、と

天体国《アストロランド》より

時の渦を泳ぎつづけてすりへったきみの骨格を結ぶワイヤー

大いなる存在の連鎖という言葉マンハッタンに釣り糸垂れて

刃に浮く紋の冴えかた　そのようなたかぶりに添われて歩く

うっとりとねじがほどけてゆくように眠れ鋼青の腕枕して

はるかにて角笛《かく》と噴水《ふきあげ》あがるとも硝子にただれしわれらの掌紋

インベーダーのどっさりの足見せながら流されてゆく夏の白雲

アルチンボルドの頬骨あるいは緑が丘　だまし絵ばかりの夏は来にけり

錆びるというプロセスを知らぬまま水より生まれし烏賊の肉体

帆柱は生きたカシの木　甲板に貝咲き乱れる夢の帆船

機械城しずかに更けてぼくたちの夢はかなった　降ってこい雪

ファーザーグースの唄

ミルクびんの無垢なかたちが立っている　遠き世の名はゴーレムとして

今朝はずむミルクの王冠きみはもうふめつの心をどこからもらった

サブマリンやさしきひびきをなでながら僕はねむったふとんの海で

怪獣を右手と左手に戦わせ幼き唇《くち》の生むオノマトペ

飛行船しずかに針路を変えるとき蒼が揺れよう幌のごとくに

回路ひとつ胸におさめて見上げいるあの南天のM78星雲

時空間のモアレ模様を泳ぎぬけにじみはじめたウルトラマンの目

金の環が美しかるべき乾電池を秘めたしずかな体腔開ける

かぼちゃ大王

世界には無数の濁音　オレンジの鉛筆削りを炉端にまわす

かぼちゃ族の真摯な愛はうたがえぬ陽の色をしたどくろとなるまで

いりたまご　かぼちゃのスープ　金の傘さす笑い茸　光の真言

金色のどくろとなるまで愛されてジャック・オ・ランタンこの世を照らす

これからは好きなことしかするまいと紅葉爆裂わたしの連山

きりきりと歯車じかけの陽が沈む橋上の車みな祝福されて

陽の色をまとめてクリーニングに出しにゆく初霜前線むかえるために

夕陽の窓を護るものなりわれはこの虹に輝くタッセルを手にして、

紺青の風鬼・雷鬼を象嵌し冬空くまなく冷えているかな

喇叭というぶあつい風の鼓膜をおもうこの世の森をたがやしてゆく……

ファンタージエンの作業

ひとつまみ明るき心になるためにウムラウト降る空港にくる

「おのれの川とともに下れ」碧眼のだれの言葉か旅のはじまり

飛行機雲　真一文字にのぼりゆき天の縫い目が見ゆる楽しさ

妖精を閉じこめたゆえ割れなくなったチョコレットという美しい檻

なにごとか解決しているオペラピンクのシクラメンの鉢がつくる結界

トマト煮る香りに収束するらしい文明の竈《かまど》をさして帰れり

ほんとうに明るい地球の寒冷を鼻まがる象の眷属あゆむ

せんざんこうのぬいぐるみを飼う　生き物は岩より生まれ風に磨かる

おそらくは干し柿のようになまなましい皮翼を担っていたろうドラゴン

火成岩ほどかれてゆく達筆の雲の真下にかぜがたつ峰

鱗ふかき樹より生まれし虫たちが睫毛のように風に吹かれる

かわいらしい箒を浮かべて空に棲む　蜻蛉と名づけられたる魔女属

翼竜にたましいありや　スイッチを切ればまばゆき虹の音量

国連大学の翼棟に雲が湧き立ってとおくナバホの煙となれり

聖戦ということばせつなしサンチャゴの寺院の門扉《もんぴ》に捺されし掌の跡

くちばしという大いなる骨　なんじの口より入るものなんじを汚さず

くりかえしわれも生きたるこの星の幾重のねむり勇魚の冷やき脂《し》

巻き舌のするどき言葉に神を語るバールの男　エル・シドの末裔

アンスリウム　バオバブ　がじゅまる　ジャカランダ　あやつり人形の名にあやかれよ

天球図譜

地下深く火照るドラゴン棲むゆえに厨房の柱ぬくもりている

翼竜のたまごをのせて回りつづけるギアナ高地の風のテーブル

錆び終えた波がしずかに揺れながら風を味つけしてゆく波止場

手からふとなにを取り落とすような美しさにモーツァルトの螺旋がまがる

蒼天わが上に落ちかかることなし　帆柱を渡るバリトンの映え

額《ぬか》ふせて立ちあがるべき風の男　そのかみ湖の騎士と呼ばれしを

世界の軸《アクシス・ムンディ》をおもうのならばココ椰子のしなう帆柱にもたれて生きよ

世界というつめたきキャベツ茜さす路上にこうして朽ちてゆくべき

舞うものは重力を掌《て》ににぎるかな鉄腕アトムの汲みたての瞳

脱出をうながす声が背《せな》にする「これこそ初歩だよ、ワトソン君」

踏みしめてしずかにあがる向こう岸　べつの「わたし」に蒸着されて

探偵が世界に付箋をつけるように紅葉始まりジャムは煮えゆく

魔女たちはいちずな唇もて磨く銀のたましいうつす鍋底

天をはらむすべを知りたる帆をいくつ封じてあかるきボトルの首は

不透明な奇跡を待ちつつ五十鈴《いすず》振る　振動こそがこの世を創る

きらきらと星が振れ出す天球図譜この世に生きてしずかな唇

騎士たちのまつげ

しゅろの木のシの音さらさらかき鳴らし天高くゆく地球の風は

泣きじょうごの男をひとり抱きよせて椰子の木の永久にわかい脊椎

生き物は風にそよぐ部分を持つべしと象はふうわり耳朶をひらけり

生命とはふるえるものかハンドルを皮手袋が制御しかねて

恐竜の腿はかなしき神殿の柱列のごとく風がまつわる

水源に首のべている竜たちを心の指でなでているガムラン

ガルーダもケツァルコアトルも鳥にしてみだりがわしき鱗《うろこ》の足持つ

ゆるやかな太鼓腹なす地球の畑　トウモロコシが神たりしころ

マルボルクの街ゆく風が騎士たちのまつげを覚えているような朝

フラミンゴがねむるかたちのコーンを手にまだ十年しか生きてない少女

歯擦音おおき言葉にほお削られて早成しやすきスラヴの少年

セルライトの塊のような金魚らを涼しくつらぬく団扇の骨は

どこまでもあざやかな染み　スーパーマンの青と真紅の捺されたる空

パンプキンのあちこちともる十月をこの世に還るいとしき霊たち

ドラゴンもあかきあかき陽に照らされて下まぶたからつむる夕暮れ

ばらいろのマーブル模様の雲がいる夕空こそがわれらの体壁

Ⅲ

鋼のごとく真実

Einem lieben Gegner gewidmet

数条の不滅のたましい噴水のたちあがるところ楽園となる

ひとりではささえきれない碧空のため世界に無数の噴水あがる

ひびきをたててなぎはらわれたひとびとの祈りを勧請するための噴水

海と呼ぶ劫初のこころがここにある　彼岸あるいは悲願を生みつつ

慟哭にしびれた鐘の音が来るたそがれの時空を縫合しながら

プラネット百千の色にころがればふたたびおまえと会えるとおもう

銀色にかがやく藍をもちこたえおまえのふかく凭れてくる声

やわらかい微熱の韻律「だいじょうぶ」かぜの粒子にふるえるミルク

「鋼のごとく真実《スティール・トゥルー》」と刻まれし墓標　滝を打つ世界の風を聞いているのか

掌紋のかがやく気光に捺されたるおもいはかぜに消えたりしない

かぜがきてしずかな言葉をつむぐので響きの響きの響きであるわたし

天守閣に青空を見た　痛い世のおもいでのような法悦のさや

なにをしに戻ってきたのかおもいだせないが蒼いこの世にめくれるページ

まぜあわす言葉の泡立ち　もうぜったいに傷つかないでいたいとおもった

たわみやすきことばを奔らせけっきょくは動かぬ迷路のそのなかをゆく

映すものの意味もわからずいつの日か蒸発してゆくすべての水たまり

約束をおもいだせずに揺れていた泉の斑紋　なにに殉じる

時空間しずかにとざす水のまぶた　これからつたえてゆくことがある

どうしてよいのかよくわからない銀色の螺旋であるのにはばたきたくて

この高さに大事にのせる音ひとつ　ながれてやまない悔恨は忘れ

いくたびか見てきた渚　万象はここに尽きると臓腑色の落暉

いくらでも穂わたはとばしてあげるからあなたは風にまもられていなさい

愛してる　ミルクのしずくがはずむように暗いほとりにひびいて孤り

パラダイス時間

うまそうに空色の風を咀嚼するシーサーという草食の獅子

椰子と獅子笑いすぎたるありさまに空にもたれて呆としている

風を生むものみな翼と呼ぶべきかたてがみかゆい獅子の棲む空

驚いたばかりの顔に風を受け風車が恍とまわりはじめる

いつまでもとおくへあくがれてやまない人間の肺に住んでも風は

笛の音は南島に吹きこの世には花柄しかない空間がある

マヒマヒという魚の棲む海　南では名づけることが虹を生むのだ

青空に裂け目なぞはあるはずがなくうつむいてただむつみあう羊

ピーグリーンのゼムクリップを見つけた日は世界が未知を宿すと思う

しゃぼん玉吹いているような背を見せて少女がちいさき携帯に語る

極彩王国

この星の核心をふと言いあてるようにカツンとひびくいしみちの杖

惑星の口笛ひとつ身にまといメタルヒーロー降臨をせよ

スーパーマンの青衣のひろがる天があり惑星ひとつ消えたる去年《こぞ》も

おおい　雲　しずかな天秤を手に提げて地質学者が夢に近づく

ドラゴンはきみのくるぶしより生まれ羊歯よりしずかな息をしている

甘酒の香る歳月の門にしろがねの仮面ライダー仁王立ちにて

「ライダー求む」緑の文字の右上がりバイク便店のオーナー若し

振るという神のしごとは榊ふり鉾ふり鈴ふりたてがみをふる

しゃくれ顎のシーサーたちが風を呑むむすうの瓦の屋根の上で

テラスまで白雲が来るこの地では層なす風の記憶がみえる

探りうつただひとつの鍵　白雲と白雲のあいだに生まれこし青

楽園はつねに南に名ざされて唐獅子たちのなびくたてがみ

つながりとしがらみのあいだ海をゆく昆虫にして多足のカヌー

ポリネシア　パプア　プーケット　南国の名はくちびるをはじいてまばゆし

ジンベエの背中に降る霜あざらけくヒンメルライヒとはなみうつよろこび

数条の不滅のいきもの　首をあげて天の真芯にふれるふきあげ

鳥居のようにたたずんでいるひと

滝壺に落ちてまくれる四十五億年まっさらのままの水の唇

匂いとは今に棲むもの　火も汗も思い出の優しい距離にはなれぬ

ひなたぼっこの猫の背の毛は風を分けそんな心のままに出会った

海獣は島で生まれる　波動の底にけわしい微塵の宝石の匂い

あんなにもとおくあるのにもたれてくるなみのかたちを慟哭とよぶ

フォーリナーとしてこの惑星を行く風はかつて散らした文明を見ている

つぶやくピアノ　これも　これも　痛いような記憶に光る天守閣の匂い

ヘヴンリという言葉を抱いて歩いてゆくからいつも襟だけベンジンで拭く

揺れながらにじむ笑いを知っていた　ほら窓ガラスは傷だらけの国

極上の言葉の蜜を吐いたあと鳥居のようにたたずんでいるひと

たましいは軽くしておく　捨てにゆくペットボトルの袋をひきずり

〈時は逝かない〉

海という途方もないゆらぎを支えガラス分子の全裸の酩酊

歯をむいて白い笑いを溢れさす海のところに還ってゆきたい

まばゆすぎる綺羅が底鳴りしてみせるこの獰猛な海というやつ

寄せてきて突然毅《つよ》く打ち明ける人よここまで下りてこいと

落城のときもここから見えていた青緑色《ターコイズブルー》のただの永遠

天守閣が鰭をくわぁと反らしいる断念しきれぬものを支えて

海の優しさその体腔に囲うゆえ定まりがたきホルンの音程

ドラゴンが首めぐらして　ふ、と吹けば夕陽の無数の薄片香る

飛行機雲のよろけた跡の純白は何か言いたい哀しさだった

やわらかなことばの内臓もぐように風が散らしておいた夕雲

テラコッタ・ピンクの色にうずくまる萩焼の壺〈時は逝かない〉

奇跡のような瞬間とおもう樹皮粗《あら》き薪からくっきりほのほが剝がれて

雛の世は桃色の足音にまぶされて階段と呼ぶリズムの愛しさ

門という不可思議なものを建てつづけひとはいずこへ還ろうとする

盛りあがる刺繡のような梅の花　天衣無縫の潜在意識

空間を指すたび風に慰撫されて指先の天守がかがやくようだ

石垣だけの明るさに吹くかぜの春　夢の龍脈つかみあげてよ

蓬髪の雲

リキッドがどうしてこんなにさみしがるんだ揺れながら胸を打つ波頭

海を溜めるサンダルの跡　つかのまのこんなのを千年も見つづけてきた

きょうここにいる　ことがいつも耐えがたい　旅とはかがやかしい白雲だから

いつだってエトランジェだと思ってきた　水面をかすめるラリックの蜻蛉

フォーリング　フォーリング　という滝の音　拍手のようにわれらを包めり

炎熱をこんもりささえる島のすそ海食洞穴は耳管のようだ

海鳴りはいつでも添える声を待つ　ちゃぷちゃぷと歌うボートでさえも

この島にディズニーランドが着床してから惑星固有の風船の花咲く

胸板のなめらかにえぐれた若者が自販機に手をついて飲みほす

どうしようもなく純朴な光にふれられてガソリンスタンドに虹こぼす排水

闇の光ることとわりを知る　かくも深い肺の底からつむがれる声

青空が無聊の中から生みだした神経節を雲と名づける

楼上の獅子は眠たい　たてがみになついた風の編む夢ばかり

ヘリの翼　ファイバーグラス　しなう釣棹　空には傷だらけの夕焼けがある

一ミリの記憶も捨てないそのために松はうろこを重ねてのびる

ゆでたての黄身のすがしさ　どの空でハミングしている風の落としもの

たまごをにぎる

ぱらいそという言葉のひびきを抱きしめてファンファールはゆく光の速度

「生はくらく死もまたくらい」紺碧の海底をよぎるジンベエの影

海のもようかなでて飽きない春風が亀の甲羅をかわかしてゆく

真っ白な五月の坂にひとつまみのしめりけをおくS字のとかげ

段を重ねあとからあとから迎えにくる波のやさしさ　くるぶしにきく

南島に花柄ばかりの風吹けば疲れた夕波もざばりとかえる

わたしたちがモアイのように完全な横顔でいられるほどの夕焼け

おもいでは流れてやまない目鼻の欠けた獅子たちをあやす春の潮騒

ことごとくこの世の事象は熱量を持つ　ねむらぬ心も火山弾も

緩慢な造山運動の上にすめば微量の愛が噴いてくる音

奇跡を待つそれだけのためにあるく市　烏賊ほど浄らかな肉はあるまい

IV

夢のあざ

いつまでもおのれの息に酔うごとく海が返して寄せて夕映え

海よ海よ　われらをいまも胸に抱き傷なき断面のまことを見せよ

つめたさの底なるふかさもう清麗な血脈となったもみじをおもう

〈メサイア〉の号泣の波がしみてくる　宇宙を消すほど発光しながら

いまもなお覇者たらんとして打ちあえる波のすがたをちひろと呼ぶか

おまえへとこころをなびかす　ふとおもう　すすきのつめたいくすぐったさを

この聡いしずかなかぜに打ちあわす心の左　おまえがにじんだ

安寧はひとになじまずほのぐらい空にくの字の雁になりたい

トライアングルの音色のように光りながら想いが落ちてゆくまでを視よ

光の髭のようにごうごうほぐれゆく滝にむかえば胸だけつめたい

滝がいつもくぼませつづけた苔の緑かわることなく生まれほろびて

風のシャーロック

非現実とこの世を接合したような薄さでかなたに立ちのぼる富士

どこへゆきたいともいわず伏している福助あたまのつややかな髷

ふあああと世界にもたれて生きるかな　黒塀上のねことすじ雲

物語の中にさわさわ風が鳴り和紙にふれたる親指の発光

はたはたとつくも神らが飛んでゆくみえない江戸の火勢にあぶられ

太陽はツンドラを越えてここに沈む合戦の声にかがやかされて

奥州の王と呼ばれた男ゆたかなる水にただよう無音のこぶし

夕焼けにひたされている蝶　音符だけが生きてこの世をわたってゆくのだ

追憶のモアレもようを描く波　もういないひとをマウスで探す

惑星と惑星のふれることなくすれちがう　その風をくれ路上のプルトップ

さりげなくひれ振りすぎる飛行船　祝福とはげに紡錘のかたち

この世ならぬもののみ真にかがやくを黒胡椒浮く激辛のスープ

かぼちゃ色の帽子にかるく指を添えすれちがうまで風のシャーロック

無肺の魚

いくつもの時代があった春の陽をうすく流して照る黒瓦

地の修羅を天にあげんと渾身のさくらの四肢がふぶきはじめる

一炊のゆめのようにも桜噴くこの惑星のスレッド炎上

チャイの色の宙宇《そら》に記憶は放たれてこの世のすべてのさくらを結ぶ

夕映えの渾身の棒にかけて言うベートーフェンはあたたかき産湯

ふいに射してくる陽のような五度下降　永遠《とわ》に父なるものの含羞

青春と呼ぶ吐瀉物のようにしめやかな桜ふぶきをゆわく仮名文字

銀色の口の御《み》ほとけ辻守りのウルトラマンに供華《くげ》をたむけて

自分のなかの深いものから来るような波紋をひだりに湖岸をあるく

何度目のさくらふぶきを抱きかかえあの人が往くそらの石段

感情に分化する前の重たいものを龍と名づけた　真水の慟哭

青空の発掘現場　翼竜のかぼそい骨を接《つ》ぐ飛行機雲

青空の縫い目が見えるほどさむい　聖天《ガネーシャ》をまつった江戸のひとびと

いきなりに美しい頬を張る音が響いたような羽子板の市

レモンイエロー溶けそうなことの序列にも染まらずにいる雲の心筋

涙などどこに湧こうと世のはての孟宗竹の清響《さやな》りの音

いきつぎをすることもなく越えてゆけただ直青《ひたさお》の風の国境

宇宙にはバオバブの根がみなぎって幾度も生まれてくるゆめの蟬

空間をうごかすために加湿器と呼ばれる無肺の魚が息づく

電子宇宙の書架の蒼色

あの口のつむいだ言葉は思いだせない　時は流れて雲《クラウド》はのこる

からくりという言葉のあかるさ噴きあげが順繰りに風に割られてゆけり

尽未来　失われないものがたり電子宇宙の書架の蒼色

どんな言葉に裡から照らされているときもはたはたなびく黒服の裾

千百の鬨《とき》の声かも　さしぐみてミズンマストが雲に揺れおり

この世には青空があり死と生を絆《ほだ》してやまない松籟があった

クラウドをわが名となして海をゆく　笛より甘い息のかすれを

海鼠塀につよくしみこむ　百年前のわたしとおまえを溶かしている陽が

そればかり思いかえして衿を立てる　火明りの風に鳴る神楽面

何もかも終わったようなあかるさに風がぎぼしを順繰りにみがく

天守の窓にかならず開く　海よ　この世に真一文字の不思議

かぽかぽと馬蹄がわらった　幕末にすべての坂は天へとくだる

うつむいて陽を浴びている苔灯籠どこかへ還るとちゅうのように

陰陽師　春には春のころも着て髪洗うべくたまごをにぎる

操り人形の関節あまた　ふしぶしに梅やら桃やら咲かせて一献

思い切れないことの無惨を溜めながら青空にそる　あの天守閣

ごまだれにそばを浸して茶屋にいる浪人の髭も光ったであろう

あおぞらの鞘

きらきらとまぶされている生命のような世迷い言のような夏

たえまなく動いてやまない（スクリーンセイバーのように）脳内の海

青海のたいらかな鱗を沖に見る　つねに逃れてゆくもののあら熱

この世にはあまたの踊り　時間差で温室の向こうに噴水あがる

天守というあおぞらの鞘　黙座して数百年の潮騒をきく

ひたすらに蜜の青空　目の前の肩胛骨の尖りのふしぎ

何かを裂くような白さに雲を置きおもいださないことの恍惚

あかるくてさびしいA音　みずべには秋の蜻蛉がルーン文字置く

ホルンにチューバ　かがやくはらわたもつ楽器は火から生まれて命を吐けり

一瞬だけ光をはじく湖面のように喜びばかりの国あるだろう

苔のなか小さき道祖神《クナド》がひびわれて「明日の国」へは風だけが行ける

碧落にしずんでいった長い首はカミナリ竜と呼ばれていたが
放熱のまぶしさにゆきふりかえる恐竜たちよオレンジのたましい

小天狗

さくらえび　風がなしたる美しい化石のように夏が来るまで

背をそらせてからものを言う小天狗がふいに呑まれた滝のまぼろし

夏に棲む運命を負った竜たちのまばゆいコバルトブルーのつばさ

絶妙な雲の繊維を綴じこんで青大理石の夏空のファイル

汚れながらふくらみやまぬ夏の雲　孵化しないことを永遠と呼ぶ

青大理石の空に〈囁き〉を差し入れてぷらぷら沈んでゆく観覧車

積み雲を立体となし風おこすいくたび殉じた純白の旗も

銀色の風鈴かぜを招《ま》ぎながらシェーンベルクにささげる鎮魂

アーチ窓をゆきつもどりつカーテンが見ようとしていた噴水の戴冠

記憶には重さがないと知らされるへアアイロンのように薄いパソコン

髪の毛のひとすじまでもテノールの明るい藤色　そのままに行け

金魚玉つるせば石鹼のかおりして逢魔が時は黒鍵を持つ

しゅぱしゅぱとひれ打つような音を立て波打ちぎわのビーチサンダル

岬の駅

甘藍を抱ける天使　生きるとは夢でなければ夢になるべし

だいじょうぶ思い出すからオリーブ油の琥珀に封じられたる気泡

仙境の綺麗な風のグラデーション「しずかに両掌を合わせてつつむ」

想うとは水ににじんでふるえる声紋　けばだちながら積まれゆく雲

傷が生むしずかな拍動　夕空にななたび生まれ愚かにて死す

膨大な記憶を転写されている夕焼けのわれにピアノのしずく

合戦の慟哭の声を忘れない風に身体を持ってゆかれる

光明遍照しずかにまぶたをおとすときひろがりやまない湾の両翼

ごうごうと香る滝ひとつ聞きながらくらきほとりの土方歳三

羽交い締めにしてくる風に愛されて岬の駅に立ちつくすかな

ぎんいろの斜度

プロットとストーリィのはざまにすわるチェシャ猫のように無敵の青空

転がらぬものなどはなくアルファベットのQを名乗ってほつれる白雲

フラミンゴの隻脚のように浄らかな風ふくところ　ワンス　アポン　ナ　タイム

目つむればラリックの蜻蛉が止まりいる噴水の秀《ほ》のとどかぬ一点

レインコート　遺跡にかけてそらとなる　ゆきてかえりし旅の恩寵

神話率が適用された山小屋の風はけっして召喚されない

おもいでに脊椎《ヴァーテブラ》はありやなしや　ジェット機雲を遺したあおぞら

遠いものにプラグインする　馬頭星雲　真水の粒子　比翼のたましい

ゆらぎながら暗黒物質《ダークマター》を掻きわけるシーラカンスの肉厚の鰭

驚いたように水がはねる　ひんやりと秋の蒼さに触れられた皮

夢の嵩よりあふれる熱量　ダイノソアあまた孵して惑星若き

アイシングをかけられたような船がゆく青空の畝　とおい秘法へ

ゆわゆわとはずむ皮もつ青い球が永劫のなかをころがってゆく

たぎりおちる滝あまた持つプラネット　すべての思想はつめたく香る

ペガサスの筋肉のように　往く雲の光暈のように　皓い言葉を

惑星のぎんいろの斜度のように風はささやく　さいわいなる馬

V

ふしぎな潮騒

花をまとうすべての枝はなぜ黒く見えるのだろう　このプラネットでは

もうここにいないさくらとうちよせあう音が聞こえる　ふしぎな潮騒

リマインド　リマインド　という痛みもて枝ことごとく桜をささぐ

胸高き狛犬に花降りかかりシルクロードは獅子の来たみち

とりあえず大気圏内で揺れてみるチェリーホワイト　恍と吹く風

非常時の愉しさに満ちて桜降る　まだ切っていない遠くの目覚まし

耳振って花びら落とす狗《いぬ》もいる〈王子〉の町に棲む春の霊

ここトあそこ　ごちゃまぜにして花が降る　空耳ばかりのきよらかな国

冗談ってほんとうは青くつめたくてさくらふぶきにごまかされてやる

澄んでいるものほど韻をえらぶゆえ寿司店にまわる海老の半身

乱気流を踏みしだきながらワインを飲む　ああこの高度には青しかないのだ

飛行機雲のつきぬけてゆく天ふかく声とはついに孤独な走者

海の泡　風を削ぐ枝　かずかぎりないものに疲れたこの世の夕焼け

行き止まりのしずかな風にあおられて防潮堤とはたましいの歯止め

アンドロイドのつばさをいだくやさしさに　外套は重くたましいも重し

さくらさくら枝いっぱいになげうってサムシングブルーに触れるところへ

こんこんとねむる花ばな　光度とは透けることなき練り切りの白

ヴァニラホワイト

不織布のかぜ吹くベランダの手すりのうえ　遠い惨事をラジオが語る

綿棒をどこに立ててもあおぞらに冠毛を飛ばしそこねたたんぽぽ

自転車の完全な円に乗りそこねコンパスのようなニーハイ・ブーツ

しろい隔り世　牛車のながえに腰かけてふと立ちあがったばかりのような
太虚のかぜピーターパンの素手だけがさわれるこの世のヴァニラホワイト
琺瑯のひびきのようだ　まっさらな風に向かって決めている挙手
おもいでの千のうろこをちりばめてそらにかがやくかぜの絨毛

鐘を撞こう　とおいい空に　首里　新羅　シレジア　すべて鞘走る子音

古代魚のほおぼね

焼きドーナツののぼりはためき人力車ゆきかう橋となりにけるかも

水辺には妖かしも住むあかるさに太鼓橋から揺れる藤ふさ

みどりいろの鳥の胸さえ押すような太陽圧をちりばめた国土

古代魚のほおぼねをめぐる泡に触れねむっていたい水玉サンダル

ねむりから醒めないロボット鋼青の胸うすぐもるように秋空

映画館のつめたさにしずむ宇宙服　居ることをだれに断らなくとも

観覧車すこしく天頂を過ぎる窓に脚ぶらさげた秋茜来る

紺青の武神の冑の香りしてクラカウにふかき秋が来ている

戦乱もあり大津波ありこの惑星《ほし》に蜃気楼をうむ貝がいる

神話素

ハトロン紙ふるわせてみるなにものも音となるときは命の舌

空港のガラスのむこう天上に点火するため発つものがいる

この世にはありえぬ平ら　すみずみから立ち上がりゆく雲の花首

天日干しのふしぎなさかな　骨ほそき六角凧がクリックする空

空間のふちよりあらわれ健康な青を分泌する凧の骨

幾重にも心を押し出す　ゆうかぜに開ききったる弓手を垂らして

憤怒する阿形の神の群青のこぶしのかなた地球はうかぶ

ミズスマシたる飛行船　帝国は蜜よりつめたい風にふかれて

籠を編む　この世の風を閉じこめる肺のかたちを模索しながら

パンケーキ濡れつつ翻る　暮れ色の海面を翔ぶエイたちのように

すんなりと背筋を吊られて下りてくる天使を迎える向日葵畑

モアイの生首

花の破片うまれてやまぬ万華鏡のつめたい腕をつかんで生きる

夏星の国から来たとわたくしは風割れるところにパーカーを脱ぎ

ふりそそぐ石鹼の香るような青空にもたせかけられているモアイの生首

そそぐ滝から満ちるイオンのみどり雄たちの声を蟬時雨と呼ぶ

稠密なコスモスのまつげがからみあい怪力乱心を語りたくなり

ダリの象つまさきを見せてよぎりゆく恩寵まぶしきサイバー空間

憤怒というあかるい筋肉　群青の剝げのこりたる仁王の高頰

流れつく甍　錫杖　泡立ちてロータスピンクの天平の空

舗道でも車道でもないこの惑星の大地のこころを踏んでゆく足袋

パピルスの夕焼けをたたく杖の音　一番遠くの前世が匂う

ひとふさの鐘はみのれよ青あらし知盛という公達自裁す

天空の生き方

あおぞらからひとつまみずつのさびしさを絞りだしたる桜のさかずき

ジャカランダゆさゆさ揺れて大いなる将棋の駒の詰んだ青空

雨の朝うすがみで折るさくらばな　無縁のものの鰓《えら》やわらかく

肉鰭《にくひれ》は重くてあまい　スーフィ教徒の旋舞のようにめぐるデボン紀

ハーモニカの多孔に満ちてきらきらとおさなきゴルゴサウルスの唾

ヘラクレスカブトが歩むこの星のまひるをわれらキャッシャーに並ぶ

折り重ねても折り重ねても青海原　宇宙に輪をもつ星いくつある

ミコノスの白い街にはねこが住む　潮くさい顔の神々とともに

海猫のつばさをあまたちりばめて戦いに暮れし天空の生き方

つややかな空間を舞う霊体の刺青のごとき祭りの「セイヤ」

輪がほそく広がる水面　遠いものがうねりかえってくる変ホ長調

大いなる管弦楽の絶巓のたとうれば珈琲を飲み終えた虎

つまさきを銀色のミュールにつっかけてヒラメ筋大の怪異を探しに

倒された怪獣たちの骨のため都会にしずむぼろぼろの雪

クラウド

國芳のねこたちがねそべっている　雲上貴族の寄り合う脊椎
目鼻口しずかにただようあおぞらのくらげを見たり六親等まで
だまし絵のしっぽの置き場にしゅたしゅたとふしぎなしろい日が射すようだ

しりとりのとぎれるところの雲の峰ゆめ忘れるなきみのヒーロー

かいじゅうたちのいるところまで眩しくて凧ひきしぼる無双の左腕

根源のなつかしさから立ち上がる巨神兵いな噴水の列

つくも神の訥弁いとおし加湿器が任務完了をひとこと鳴らす

唇をつぶって眉間にかんじていた横顔ばかりのモアイのたましい

こころもち顎あげている横顔で星雲に祈れモアイのように

入眠時に見えるネビュラのなつかしさ　横顔の椅子を坂に置くまで

掌にあそばせるケサランパサラン　夢にはこれほどの光度はない

マーガリン色して空がにじみだす　なつかしさの加圧に耐えかねたように

紅白のクレーンしずかに天を拭う「モロボシダンの名を借りて」ゆけ

ふわふわの白いサソリを逃がしやるこの青穹窿《あおきゆうりゆう》の胸のうちから

双腕に接岸する喇叭《フアンフアール》あかるさがいますこし足りないようだ

なにものも書き下ろすとき窯変する　液晶画面に滲むパスワード

もうひとつの昼間との界面が波打っているディスプレイの蒼

初期化されたたましいのように天心を吹かれてすぎる羊雲たち

絢爛と本くずれたるデスクの隅に平伏しているレッツノートが

クラウドとは真一文字に光ることば　きみには還ってゆくさきがある

「詩」の火力

前歌集『水晶散歩』を出してから、十年ほどあいています。

勤め先の大学がいそがしくなったためですが、やっていることも教えていることも、ずっと変わらず「ファンタジー」（いわば「幻想文学から進化した多重現実文学」）です。しばらくの間、力を注ぐ方向が、そちらの場面に多く向かっていました。

今回、この本を出すにいたった経緯について、あわせて「ファンタジー」について、少しまとめてみます。

J・R・R・トールキンの『指輪物語』（1954－5）が祖となったモダン・ファンタジーの分野は、八十年代にはまだまだ僻地文学の感があり、愛好の徒のひとりとして普及や研究につとめてきましたが、世界的な潮流がさいわいに追い風となって、「ハリー・ポッター・シリーズ」（1997－2007）のヒット、そして二十一世紀の幕開けとともに、『指輪物語』もふくめて、新旧のファンタジーの怒濤の映画化ラッシュが訪れました。

喜んでいるうち、風は、わたしの読みをはるかに超えて、思いもかけないところにまで吹き広がっていきました。

第二（準創造）世界の認知、想像力の復権、神話や伝承との統合連携。期待していたのはそのあたりまでだったのですが、サイバー情報の洪水となった世界は、いつか現実の構造をも変容させ、無数のヴァーチャル・リアリティの糸をみずからの内に織りこんでゆきました。ネットを中心とするサイバー・テクノロジーによる世界の無焦点化、そしてＣＧやＶＦＸ技術が作り出す映像や音声の迫真の臨場感によって、ゲームを含めたファンタジーは、もはや、垣間見る薄明の神秘ではなく、白昼堂々、みなで共有する現実になったのです。

ファンタジー成分は、ティンカーベルの粉のように、すべてのジャンルにふりかかって浸透してゆきました。

ベストセラーの中には、架空世界の詳細な年代記（上橋菜穂子ほか）、吸血鬼との恋愛シリーズ（「トワイライト・シリーズ」）などが含まれ、また映像化され続けるシリアス、コメディとりまぜてのタイムスリップもの、精神分析とからんだ夢の可視的共有（恩田陸ほか）、輪廻転生や分身（あるいはアヴァター）もの、鬼や幽霊、魔物との共生（香月日輪の『妖怪アパート』ほか）、パラレルワールドの存在（『黄金の羅針盤』『ハウルの動く城』、そして村上春樹作品）、オカルトや死後生と溶けあったミステリ、さらに、かつてなら「無国籍」と言われたYA向けクエスト・ノベルの数々も、若い世代の読書の大きな柱となっています。

どんな虚構も、作者が精密に「設定」しさえすれば、従来とは比較にならないほど多数の受け手に共有され、愛され、のめりこまれる。

この汎化へのレールを敷いたのは、ジャンルの創立者トールキン自身でもありました。彼が編み出したのは、想像の世界を、当たり前のことのように具象的に描く手法です。主題はファンタジー、表現法は日常のリアリズム、背景をなす膨大な設定データベース。映画化に適したその書法が、現代の多種多様な「ファンタジー小説」を生みだしました。

こうしてさまざまなジャンルがファンタジー因子に感染し、それも当たり前の状況となるにつれ、当然ながら、その密度も糖度も薄まり、希釈されてゆきます。

わたしもファンタジーラッシュの大洪水のあとに出現した、この土壌の変容に、しばらく呆然としていました。現実と想像が一気にごたまぜになったあげくに生まれたのは、「何でもあり」にリニューアルされただけの、新しい「現実」でした。

微妙に空気感の違う時空、うっすらとした幽世であったはずのものは、だれの目にも見えるものになったおかげで、日々、大量消費されてゆきます。

これをもって、「ファンタジー」は認知されたと言えるのか?

従来の「現実」が崩壊し、情報社会の広がりとともに、ひとびとの生も多様化してゆき、文字通り「パラレルワールド」な視点が生まれたのは、喜ばしいことです。しかし、それとともに、すべてが距離感、隔絶感を失って、情報が蝟集しつつ無目的に増殖してゆくような風景も見えてきます。遠望する「彼方」も、鳥瞰すべき「此岸」もなくなり、すべてが一過性の刺激となり、わたしたちは「異世界」の代わりに何を得たのか。神話や伝承、そして先人の文学素材を消費したあげく、従来の「現実」のかわりに、「幻想」「虚構」が同じ質感で横並びに認知されるだけの「現実」が生じてきた。そこには、そのさきを考えていなかったゆえの空虚な明るさが広がっている、そんな感じでした。

そのとき、震災が起きました。大学では卒業式も入学式もオリエンテーションもすべてなくなり、ぽっかりと非日常の春休みが広がりました。

震災当日は家に帰れなかったのですが、そうした物理的な衝撃とともに、TVやネットの情報番組いっさいが震災ひといろに塗りかえられてゆきました。のっぺらぼうで不定形な現実が、あのとき、ひとつの「物語」の枠をもって立ち上がっていったのを、目のあたりにしました。「千年に一度の災厄」というスパンでのものの見方、つまり、神話的に共有される「大きな物語」が、ひとびとの意識の中から掘り起こされていきました。未曾有のカタストロフは、これまで人類が歴史上の災厄を通じて体験してきた悲痛、慟哭、怒り、悲傷、平安などのさまざまな感情を改めて取りあげて吟味し、ディテールとともに物語の枠の中に配置することになり、やがてそれらを総括する大きな〈喪の作業〉が始まっていきました。

ひとつの「物語」が形を得て立ち上がっていくプロセスの中で、人間は、これまで歴史の中で何をしてきて、どんな感情を味わったのかを、もう一度総ざらいし、何かを見切るところにまでもってゆかれたような気がします。

ゆっくりと、また、その痛い「物語」は日常に溶けてゆきつつありますが、現代ではだれにでも手に入る膨大な情報のおかげで、わたしたちはすべてを見晴らす地点を得、すなわち事実の枠外に立ちつつ、それに対峙する、そんな体験をしたのではないか。

　これがファンタジーの本源の力なのだ、と、思いました。あらゆる制度や現実感や社会性、時代性を、揺さぶり、問い返すことのできる、枠外から「観る」力。ファンタジーとは、願望充足の代償世界を創り出すためのものではなく、つねに「外」に立つ力だったはずだと、改めてそのことに気づかされました。


　では、「外」とはどこなのか？　新世紀のファンタジーの多くがしてきたように、委曲を尽くした世界設定を、現実と同レベルでもうひとつ造ってみせ、それによってなにかを「示す」こと、すなわち現実を枠に入れ、批評することも、大きな「外」への道ではあります。

　しかし、この「枠」自体に、慣れ親しんだ論理の運びかた、適用の仕方も含まれているとしたら、入れ子の箱の外は、やっぱり（ちょっとサイズが違うだけの）箱だったということにもなりかねない。「枠の外」とは、世界を対象化する地点であるだけではなく、何だかよくわからない、非合理的な、もっと大きな感動のようなもののうずまく場であるべきではないのか。子どもが新しい風景や生き物に接したときの、無作為の生命力がほとばしるヴォルテックスのようなもの、ではないか。

散文の論理ではなく、詩の理不尽な結合力と飛躍力。
大人の「象徴界」ではなく、子どもの「想像界」。
最終的には、そこへ還ってゆくべきではないか、そんなふうに思ったのです。

そういう経緯で、わたしは改めて「詩の力」を信じなおすようになったと思います。非論理的で恣意的に見える「詩」は、評論のように万人にわかるとは言えません。しかし、一般小説のスタイルで、論理的にわかるように書かれた「ファンタジー小説」の多くが、現実論理の後追いになり、無数の泡現実をまたひとつ作るに過ぎなくなりがちな今、「詩」はその論理の「外」に出る力なのではないか。それが「転覆の文学」とも言われるファンタジーの本来の力なのではないか。

今度のこの一冊の中にもそれと並行する流れがあるように思います。ほぼ年代順ですが、新聞や短歌誌に発表した作品もある程度、自由に組み立てなおしてあります。
歌をつくりはじめて数年たったあたりから、ファンタスティックなヴィジョンを何はともかく「わかってもらう」ことに気持ちが向いてゆき、第二歌集以降は、現実の論理を採用して説明すること、日常を保留しておいて、そこにいながら、すこしずらして「だまし絵」を見るような視点を採用していました。「ファンタジー小説」のあり方に似ています。

第五歌集の『水晶散歩』（2001）のころには地球の裏側に行くことが多く、異国の文化や風景が主題になりましたが、異国は、読者にとっては日常と異世界の中間地点に当たるものなので、そこを舞台にすれば、ひとりでに、ある程度、認可された形のファンタジーが結晶してゆきます。

今回は、それ以降の一千首以上の中から、北冬舎の柳下和久さんのたいへん細やかな作業手順に助けられて、大きくしぼりこみました。日常を踏み切り台にしながら「外」に出る、いや、むしろ「外」から現実を抱擁する。そういう回帰の運動が果たされている作品を中心に選んでゆきました。

第五歌集のさきの転回の地点に踏み出していれば幸いです。

奇跡のようなレイアウトと再構成の線図をひいてくださった柳下さんには、重ねて心より御礼申し上げます。

井辻朱美

2014年4月

本書収録の短歌は、２０００年（平成12年）－２０１３年（平成25年）に制作された５１０首です。本書は著者の第六歌集になります。

著者略歴

井辻朱美《いつじあけみ》

1955年（昭和30年）12月、東京生まれ。東京大学理学部を経て、同大学院比較文学比較文化専攻修了。78年、前田透主宰「詩歌」に参加。「水のなかのフリュート」で第21回短歌研究新人賞を受賞。84年、前田透の死去による「詩歌」の解散後、中山明らと短歌集団「かばん」結成、創刊。86年、『エルリック』シリーズ（M・ムアコック著、早川書房）で第17回星雲賞長編翻訳部門賞受賞。90年、「かばん」発行人となる。96年（平成8年）、『歌う石』（O・R・メリング著、講談社）で第43回サンケイ児童文学賞、2003年、『ファンタジーの魔法空間』（岩波書店）で第27回日本児童文学学会賞を、それぞれ受賞。詩集に、『エルフランドの角笛』（80年、沖積舎）、歌集に、『地球追放』（82年、同）、『水族』（86年、同）、『吟遊歌人』（91年、同）、『コリオリの風』（93年、河出書房新社）、『風の千年伝説』（短歌絵本、96年、エディション q）、『井辻朱美歌集』（01年、沖積舎）、『水晶散歩』（同）がある。著書に、『完全版風街物語』（連作短編集、94年、アトリエOCTA）、『遙かよりくる飛行船』（長編小説、96年、理論社）、『ファンタジー万華鏡』（評論、05年、研究社）などのほか、編著に、『映画にもTVにもなったファンタジー・ノベルの魅力』（13年、七つ森書館）、訳書に、『マビノギオン』（C・ゲスト著、03年、原書房）、『剣の輪舞』三部作（E・カシュナー著、08年、早川書房）、『エリアナンの魔女』シリーズ（K・フォーサイス、10-12年、徳間書店）、『孤児の物語』I・II（C・M・ヴァレンテ著、13年、東京創元社）ほか多数。白百合女子大学文学部教授。

クラウド《くらうど》

2014年 7 月10日　初版印刷
2014年 7 月20日　初版発行

著者
井辻朱美

発行人
柳下和久

発行所
北冬舎
〒101-0062東京都千代田区神田駿河台 1-5-6-408
電話・FAX　03-3292-0350
振替口座　00130-7-74750
http://hokutousya.jimdo.com/

印刷・製本　株式会社シナノ

ISBN978-4-903792-49-1 C0092